P9-BIH-133

Un alce, veinte ratones

Clare Beaton

Barefoot Books
Celebrating Art and Story

Un alce,
pero, ¿dónde está el gato?

Dos cangrejos,
pero, ¿dónde está el gato?

**Tres mariquitas,
pero, ¿dónde está el gato?**

Cuatro ballenas,
pero, ¿dónde está el gato?

Cinco caballos,
pero, ¿dónde está
el gato?

Seis patos,
pero, ¿dónde está el gato?

Siete serpientes,
pero, ¿dónde está el gato?

Ocho ranas, pero, ¿dónde está el gato?

Nueve loros, pero, ¿dónde está el gato?

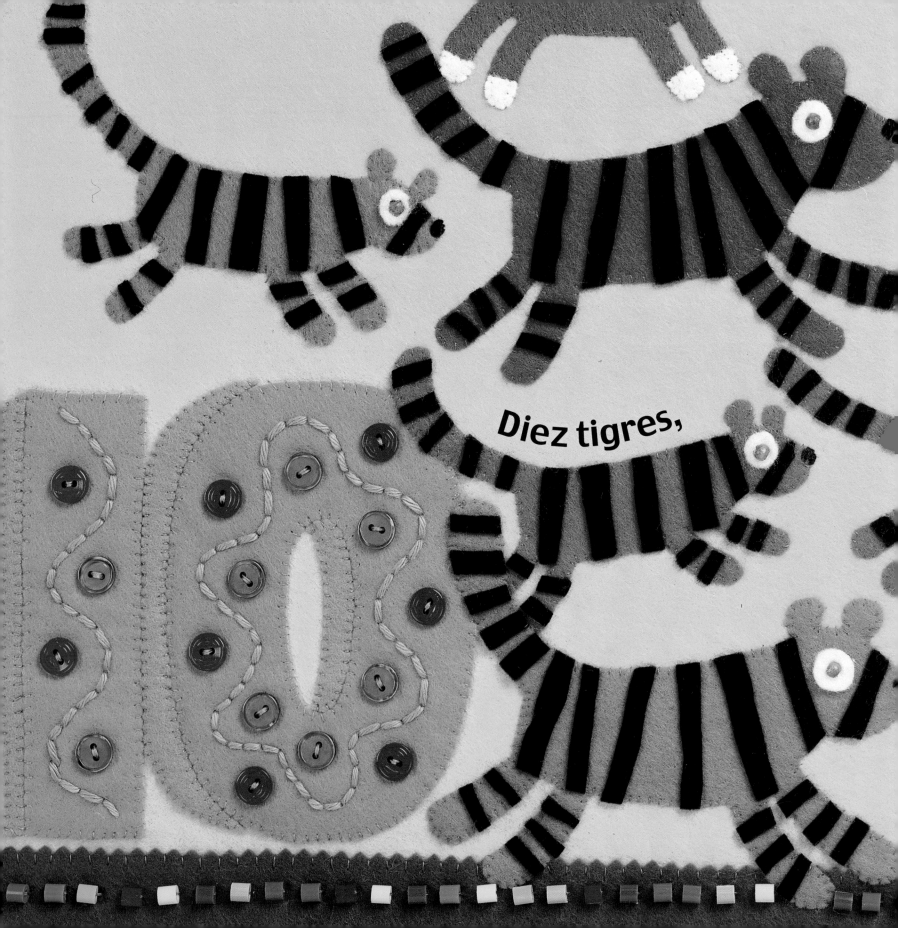

Diez tigres,

pero, ¿dónde está el gato?

Once búhos,
pero, ¿dónde está el gato?

Doce peces,
pero, ¿dónde está el gato?

Trece monos,
pero, ¿dónde
está el gato?

Catorce perros pero, ¿dónde está el gato?

15

Quince delfines,

pero, ¿dónde está el gato?

Dieciséis arañas, pero, ¿dónde está el gato?

Diecisiete gallinas, pero, ¿dónde está el gato?

Dieciocho mariposas, pero, ¿dónde está el gato?

Diecinueve elefantes
pero, ¿dónde
está el gato?

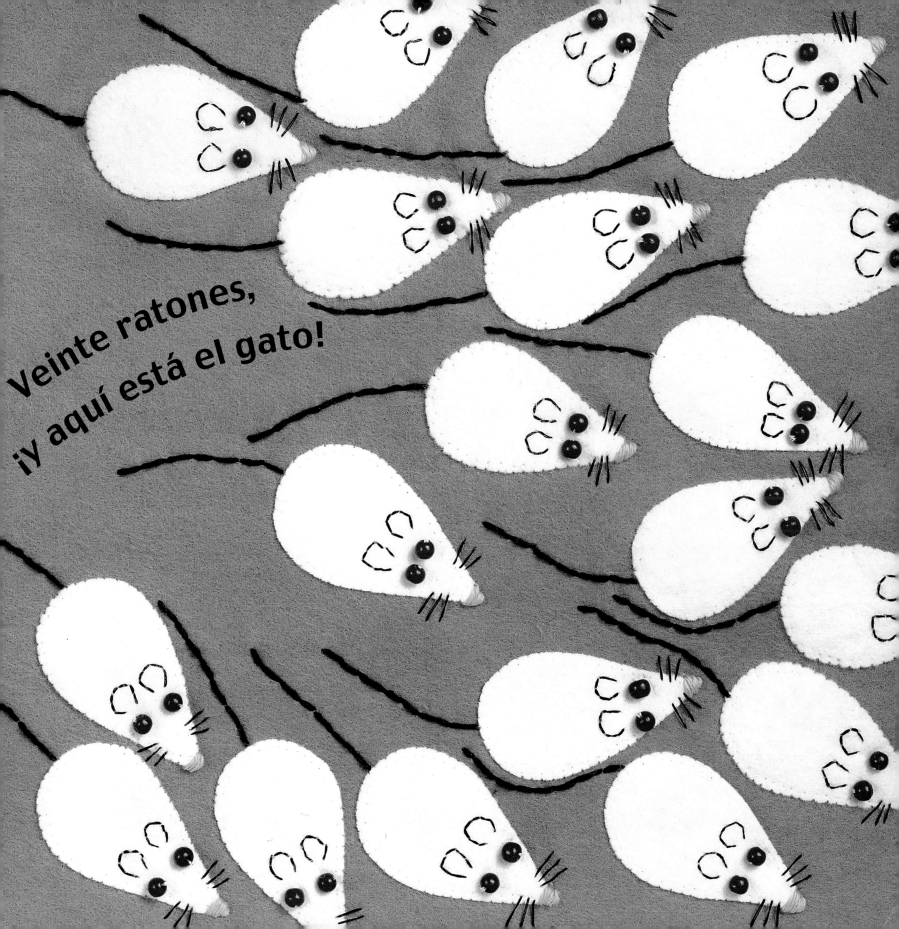

Veinte ratones,
¡y aquí está el gato!

Barefoot Books
2067 Massachusetts Avenue
Cambridge MA 02140

Copyright del texto e ilustraciones © 1999 Clare Beaton

Traducción del inglés: Raquel Ugalde

Se reconocen los derechos de Clare Beaton como autora e ilustradora de este trabajo.

Publicado por primera vez en los Estados Unidos en 2000 por Barefoot Books Inc.
Esta edición en español del libro en rústica se imprimió en 2002. Todos los derechos reservados. Queda
rigurosamente prohibida, sin la autorización previa y por escrito de los titulares del "Copyright", bajo las sanciones
establecidas por la ley, la reproducción parcial o total de esta obra por cualquier medio o procedimiento,
comprendidos la reprografía, el tratamiento informático y la distribución de ejemplares
mediante alquiler o préstamo públicos.

Diseño gráfico: Polka. Creation, Reino Unido
Separación de colores: Grafiscan, Italia
Impreso en Singapur por Tien Wah Press (pte) Ltd.

5 7 9 8 6 4

Beaton, Clare.
Un alce, veinte ratones / Clare Beaton.
* 1st Spanish ed.
[32]p.: col.ill. ; cm.
Originally published as: One moose, twenty mice, 1999.
Summary: Count your way from one to twenty with this many-layered
concept book. Small children will delight in adding up the felt-art
monkeys, tigers, dolphins and spiders. There is also the added
challenge of finding the ginger cat who is hiding on every page.
ISBN 1-84148-911-5
1. Counting-Juvenile literature. I. Title. II. One moose, twenty mice
[E]-dc21 1999 AC CIP